ESSAI

SUR LES

POÉSIES FRANÇAISES ET GASCONNES

DE

MESTE VERDIÉ,

POÈTE BORDELAIS.

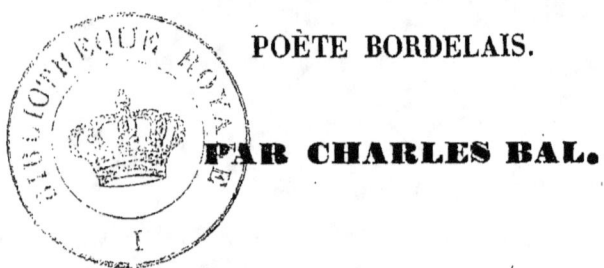

PAR CHARLES BAL.

BORDEAUX,

IMPRIMERIE DE P. COUDERT, RUE PORTE-DIJEAUX, 43.

1846.

LAS POÉSIES

DE

MÈSTE ANTOINE VERDIÉ,

BOURDELÈS.

PRÉAMBULE.

Pourquoi ne consacrerions-nous pas une place dans nos colonnes à cet aimable poète populaire. ainsi qu'on réserve à un ancien ami un coin discret dans son cœur? Serions-nous donc ingrats au point de négliger, ou de dédaigner même ce spirituel auteur bordelais, ce Démocrite gascon, dont les chants et les contes ont égayé notre jeunesse; ce joyeux enfant du peuple qui a su si bien faire rire le peuple, dont la mémoire lui est restée au moins plus fidèle, surtout aux champs.

En effet, lorsque la ville ingrate l'a oublié peut-être, son ancien poète favori, dans bien des campagnes, dont, sténographe naïf de la nature, il a su si bien retracer les mœurs, il est encore l'ami, l'hôte bienvenu du foyer rustique, le charme des longues veillées; là, bien souvent, rangés autour d'un grand feu pétillant, maîtres, servantes et laboureurs, filant le chanvre ou égrenant le blé d'Espagne, écoutent avec un indicible bonheur, dans un silence profond, coupé par intervalles par de gros rires, la lecture des poésies de meste Verdié, au gros sel et aux gros bons mots, surtout celle de : *Lou Sabat d'aou Médoc.*

Depuis vingt ans, concurremment avec les *Quatre fils Aymon*, cette vieille chronique locale, et deux ou trois autres romans de la bibliothèque bleue, Verdié défraie les soirées champêtres; chaque hiver, on le lit, on le relit, on écoute le même conte avec intérêt, et un plaisir sans cesse nouveau, parce qu'il renaît sans cesse. Même parmi nous, quel homme. ayant atteint ou dépassé la quarantaine, qui ne sourie encore lorsqu'il entend murmurer autour de lui, ou qu'il retrouve dans sa mémoire quelques fragmens de ces poésies contemporaines? par exemple les deux premiers vers de la première pièce de Verdié, ces deux vers qui annoncent tant et de si grotesques péripéties :

> Lou binte dus ottobre, aprés habé brégnat,
> M'arribet un *cousin* en habit de *sourdat* !.....

Jeune, Verdié l'a amusé, l'a fait rire; aujourd'hui son nom, ses écrits, réveillent en lui des souvenirs frais et rians, comme le temps heureux où il les entendait pour la première fois; souvenirs qui nous réjouissent en nous rajeunissant; éclaircissent et dérident notre front, en même temps qu'ils chassent loin de nous les soucis, ces rides du cœur.

Verdié est une des illustrations populaires de Bordeaux les plus réelles, en même temps qu'une des physionomies les plus originales de son Panthéon.

Nous devons donc lui consacrer une notice biographique et littéraire, ce qu'on n'a pas fait encore ; on ne le croyait peut-être pas digne de cet honneur qu'on a accordé à tant d'auteurs, froids et ennuyeux. C'est là un oubli que nous devons réparer : ce sera une justice un peu tardive, mais il n'est jamais trop tard pour être juste. C'est même un devoir : et si le pauvre Verdié n'a pas même reçu l'honneur d'une tombe, rendons-lui du moins cet hommage suprême et mérité, protégeons du moins contre le temps son nom et son souvenir, et inscrivons-les pieusement sur son cénotaphe.

Nous devons aussi défendre sa mémoire contre des préventions funestes et le dangereux honneur qui ont fait attribuer à un autre et illustre auteur, les fruits de sa verve naturelle et spontanée. Voilà notre but : ajouter un nom de plus à la liste des Bordelais célèbres; esquisser en même temps, à certains égards, une page de notre histoire locale.

On nous comprendra plus facilement si l'on veut bien reporter ses souvenirs à 25 ou 30 ans en deçà. Bordeaux offrait alors un spectacle curieux : Des crieurs parcouraient nos rues en récitant et vendant les pièces de Verdié, ce peintre saisissant des mœurs populaires, cet émule littéraire de Gallard, notre Gavarni bordelais, qui retraçait avec son pinceau ce que Verdié peignait avec sa plume.

Un de ces crieurs et vendeurs publics, gros réjoui, à la façon de Lepeintre jeune, et qui, comme cet artiste, n'avait qu'à se faire voir pour faire rire, se rendait dans les marchés de la ville et autres lieux publics, et là, monté sur une borne, un banc, une chaise ou les pilastres des Quinconces, déclamait avec amour, d'un ton admirablement comique, les poésies gasconnes du poète favori : l'aréopage gascon et très-compétent qui l'entourait, écoutait de toutes ses oreilles, en se livrant à ce gros et franc rire qu'Homère, ce sublime railleur, prête aux Dieux de son épopée. Qu'on vienne nous parler encore de l'Italie et de ses poètes et de leurs nonchalans auditeurs ! Tout un peuple de marchandes, de regrattières, de marins, de portefaix, auxquels se mêlaient, parfois, des hommes distingués, tels que le vieux Duranteau, avocat éminent ; tout ce monde de lazzarones abandonnait ses affaires et s'entassait pour entendre réciter en plein air l'*Abanture comique*, le *Paysan dupat*, etc

A cette époque, on pouvait appliquer encore aux Bordelais ce vieux dicton, si bien justifié : *Todos lous gascous son juglors ò amadors* , tous les gascons sont hableurs, jongleurs, troubadours, conteurs ou amateurs passionnés de contes et de fictions ; car, c'est là une face du caractère de cette race gasconne, si vaillante et si intelligente, qui a enfanté tant de soldats, de poètes et de conteurs, qui a fait dire, au temps de Brantôme : « Battez les buissons en Gascogne , et vous en ferez sortir des capitaines », et dont nous pouvions penser, nous, dans notre jeunesse, ce que Jasmin a dit de son pays :

> Oh ! dins noste païs acos une magie ,
> Et lou puple qu'ayme à canta
> Bous entroque , sens s'en douta ,
> De gros pugnats de poézie !

Les temps sont changés aujourd'hui ! Qu'on pardonne à notre vieillesse ce refrain éternel et pourtant toujours nouveau. De nos jours , on rougirait, peut-être, de s'arrêter un instant comme Duranteau , comme Français, comme Bayle à un spectacle de marionnettes. On est devenu plus sérieux à notre époque où tout s'anglomanise pour ainsi dire , où, de haut en bas, partout, se promène le niveau de l'uniformité, de la monotonie, où l'on oublie trop peut-être que :

> L'ennui naquit un jour de l'uniformité.

Les mœurs caractérisques des races et des localités surtout s'effacent progressivement. Il n'est donc pas hors de propos de les étudier avant qu'elles ne disparaissent à tout jamais. Et en ce sens , nous croyons que les œuvres de Verdié, qui nous initient à de curieux détails sur les usages et les évènemens contemporains , offriront un certain intérêt pour nos lecteurs bordelais et gascons.

A cet intérêt , qui s'attache aux productions d'un enfant de Bordeaux et à la connaissance des mœurs locales, se joint celui de l'étude de la langue dont il s'est le plus fréquemment servi C'est surtout à notre idiome local, déjà si dégénéré, que l'on peut appliquer l'arrêt de mort que prononçait M. Dumon , alors simple président de la Société des belles-lettres d'Agen , sur l'idiome ou dialecte plus provençal du poète Jasmin ; c'est aussi la langue du passé, « et la langue nationale, cet instrument si puissant d'une civilisation nouvelle, l'assiége aussi , l'envahit de toutes parts comme la dernière forteresse d'une civilisation vieille. »

Avant donc que les derniers débris de son dernier asile ne s'écroulent et que le vent n'en balaie la poussière , jetons un regard bienveillant sur cette berceuse de notre premier âge : étudions-la donc avec Verdié. C'est probablement le dernier éclat que notre muse gasconne a jeté à son crépuscule, éclat d'autant plus vif et plus brillant que l'obscurité se fait plus profonde et que la nuit éternelle approche pour elle. Cette langue n'est pas d'ailleurs à dédaigner : nous y trouvons des expressions d'une poésie admirable et d'une énergique précision. Fille de la latine (1) et parfois héritière de la langue grecque, elle a souvent enrichi notre langue nationale, et, à ce titre, mérite d'être étudiée ; c'est là un travail également utile et nécessaire pour éclairer la science étymologique, qui, sans l'appui de cet auxiliaire, resterait parfois bien embarrassée.

Comment, par exemple, trouver l'étymologie du mot *guet-apens*, sans connaître nos patois méridionaux? C'est au contraire une recherche facile et un mot fort simple pour quiconque connaît un peu le gascon. Dans nos vieilles chartes et coutumes, on lit souvent *gueyta-pensat*; *gueyta* signifiait sentinelle, guette, attente, l'action de guetter : *gueyta-pensat* veut donc dire embûche, piège *pensé*, médité, le fait déterminé d'attendre quelqu'un avec une intention coupable : abrégeant ce mot, on en a fait *gueyta-pens*, d'où guet-apens, par altération.

On voit donc qu'il n'est pas sans fruit d'étudier et de connaître cette vieille langue, et qu'à l'intérêt patriotique se joint aussi l'utilité scientifique.

Il y a encore un autre intérêt pour nous : c'est, comme nous l'avons dit en commençant, celui de réparer un oubli injuste, et de défendre la mémoire de notre compatriote contre des préventions funestes. Il y a ici encore, pour ainsi dire, une question d'identité à trancher.

On a prétendu que Verdié n'était qu'un prête-nom, ou qu'il avait un illustre complice anonyme. On a dit que ce quelqu'un, qui se cachait derrière le rideau, se trahissait par la perfection de certains détails qui émaillent les œuvres que nous allons analyser.

« Non-seulement l'homme d'esprit s'y décèle, mais aussi l'homme du monde, l'homme instruit, qui a une teinture de toutes choses et est au courant des progrès de la science moderne, ainsi que le prouvent les choses charmantes sur le blanchiment du sucre, qu'on trouve dans une revue curieuse, spirituelle et satirique, pleine de mots saillans, où l'on cite des ouvrages scientifiques, comme le *Bulletin de Pharmacie*.

» Or, *meste* Verdié le lisait-il ? S'il y a quelque chose de Verdié dans cette collaboration, ce qu'il apporte dans ce banquet littéraire, c'est le sel populaire, le bon mot grossier, le trait saillant : c'est l'expression d'un bonheur énergique dans sa crudité naïve ; mais à César ce qui est à César.

» L'anonyme a pu dédaigner ces productions faciles d'une muse légère, enfantées dans un moment de verve ; mais il y a laissé son cachet. »

Nul, que nous sachions, n'a défendu Verdié contre ce reproche, et

---

(1) J. Mauri a dressé une liste des mots gascons d'origine latine dans l'ouvrage qu'il composa et imprima lui-même à La Réole, en 1517, sous le titre de *Commentarii compositionis et derivationis linguæ latinæ*. (Biblioth. de Bordeaux, 5612.)

Ducange n'a pas dédaigné l'étude de cette langue, dont beaucoup de mots lui ont fourni des racines celtiques.

beaucoup, loin de l'en justifier, inclineraient plutôt à l'accepter sans appel, tant se détruisent avec peine les préventions et les préjugés, qui s'enracinent si facilement. Quoi qu'il en soit, la question d'identité n'est donc pas encore vidée : *adhuc sub judice lis est.*

Il est donc utile d'étudier aussi cette question comme les précédentes ; le temps s'écoule, les souvenirs s'amortissent et s'effacent, et les documens disparaissent. A l'œuvre donc ceux qui, comme nous, veulent réparer des injustices et réhabiliter la mémoire d'un de leurs concitoyens.

Quel motif pourrait nous détourner de notre dessein ?

Serait-ce que la plupart de ses pièces originales sont écrites en gascon, cet idiome qu'il est encore utile d'étudier ? mais pour ne citer ici que du gascon et des vers adressés à Jasmin par notre compatriote M. S. Pellet :

> En nous serben de son lengadge
> Qu'ut tant de talen à parla,
> Açi cadun nous coumprendra.
> Tout Bourdelès aou tems de soun june adge,
> Coume nous aous, parlet gascoun,
> E n'oubliden pas en un joun,
> Maougré la mode ou lou caprice,
> Lou dou parla de la nourrice.

D'ailleurs, la mode du jour est aux poésies gasconnes.

Serait-ce parce que les poésies de Verdié, surtout ses œuvres patoises, se ressentent un peu des halles et des lieux que fréquentait l'auteur ? Nous savons bien que, comme le latin dont il est fils,

> Le *gascon* dans ses mots brave l'honnêteté ;

Mais qu'on se rassure : ceux qui craindraient de lire l'ouvrage original pourront parcourir notre travail et connaître suffisamment notre auteur. C'est même là un avantage qu'on trouvera dans cette simple et modeste analyse. Nous ne sommes pas en effet partisan des critiques transcendantes, des comptes-rendus ambitieux où se montre percée à jour la vanité de briller, bien plus que le désir sincère d'apprécier, juger et faire connaître son auteur; celui-ci n'est souvent qu'un prétexte et qu'une occasion ; ses ouvrages ne sont qu'un canevas sur lequel on applique tant de broderies que le fond en disparaît, qu'un cadre dans lequel on s'enchâsse soi-même, cadre qui heureusement, parfois, fait oublier la toile.

Nous sommes au contraire partisans de ces analyses sans prétentions qui, rasant pour ainsi dire le sol, à la maniere de l'hirondelle, pour le mieux voir, ont au moins l'avantage de faire connaître ce dont elles s'occupent : c'est dire assez quel sera notre plan.

Pour composer la biographie de Verdié, et la faire autant que possible exacte et consciencieuse, nous avons interrogé les souvenirs des anciens des divers quartiers habités par lui, surtout ceux de la rue Pont-Long ; nous avons eu recours au doyen des littérateurs et historiens bordelais actuels, à l'estimable M. Bernadau, l'auteur d'un *Panthéon inédit de l'A-quitaine*, respectable vieillard si plein de bienveillance et de sympathie pour la jeunesse, et toujours prêt à lui ouvrir les trésors de sa bibliothèque, et surtout ceux de sa mémoire, vivante bibliothèque encyclopédique. Nous avons aussi les plus grandes obligations à l'honorable M. Péry, ancien caissier du Mont-de-Piété, possesseur savant et modeste de plusieurs riches collections, qui nous a gracieusement communiqué diverses pièces que nous aurions cherchées en vain ailleurs. Si nous n'avons pas été assez heureux pour réunir la totalité des œuvres de Verdié, dispersées sur de simples feuilles, le lecteur doit croire et voir qu'il n'y a pas eu de notre faute ; d'autres seront plus favorisés peut-être, et pourront compléter cet essai ; nous n'aspirons pour notre compte qu'à l'honneur de l'avoir entrepris. (1)

En attendant, pour veiller à la conservation de ces pièces fugitives, nous avons remis à la Bibliothèque de la ville, où il n'en existait pas une seule, toutes celles réimprimées par M. Mons, qui a bien voulu en faire hommage : ce sont les plus connues ; mais déjà il était difficile de se les procurer ; elles disparaissaient comme les autres, très-rares aujourd'hui. Verdié, cet écrivain si original, était, comme dit Shakespeare, un trafiquant de feuilles volantes ; or, autant en emporte l'oubli, ce vent d'automne de la littérature......

CHARLES BAL.

---

(1) Nous venions d'écrire ces lignes, lorsque nous avons été assez heureux pour rencontrer un recueil complet, peut-être l'unique, des œuvres de Verdié. Nous en devons la précieuse communication à l'obligeance de M. Lebrun, ancien instituteur, employé à la préfecture, possesseur intelligent de ce recueil, qu'il a eu l'excellente idée de former ; il s'y rencontre des pièces d'une rareté excessive aujourd'hui, et une lettre manuscrite de Verdié à M. Lebrun, en réponse aux encouragemens et aux conseils qu'il en avait reçus. Ainsi, nous avons les œuvres complètes de Verdier, à l'exception de l'avant-dernier numéro de son journal, la *Corne d'Abondance*.

LAS POÉSIES

DE

MESTE ANTOINE VERDIÉ,

BOURDELÈS.

I.

Antoine (1) Verdié est un de ces talens nés au sein du peuple, qui se sont faits tout par eux-mêmes, sans le secours d'aucun maître, et qui, sans le puissant levier de l'éducation, arrivent quelquefois, par leur propre énergie, à s'élever aux premiers rangs, à côté des maîtres de l'art, comme Maître Adam, le menuisier de Nevers; Jasmin, le coiffeur d'Agen; Reboul, le boulanger de Nîmes; Béranger, fils d'un tailleur.

D'après les renseignemens pris par M. Bernadau, ce spirituel poète populaire serait né vers 1780, à Cauderot, et en cela aurait donné un démenti formel à cet ancien préjugé qui faisait considérer les habitans de cette localité comme les Béotiens de notre Gironde (2). Toutefois, si l'on s'en

---

(1) On nous a adressé quelques observations au sujet du préambule de cet essai. Nous les accueillons avec plaisir; nous ne reculons pas devant la critique raisonnable, car la critique c'est la lumière. Ainsi, on nous a dit que le prénom de Verdié était Jean et non Antoine, et on nous a opposé des autographes de notre auteur. Nous maintenons le prénom d'Antoine, et nous disons que si la critique a raison, nous n'avons pas tort, cependant, et nous mettons tout le monde d'accord en annonçant que Verdié portait le double prénom de Jean et d'Antoine, quoiqu'il n'ait fait imprimer ses ouvrages que sous le nom d'Antoine Verdié.

(2) Injuste préjugé populaire, tout au rebours de la vérité; car les compatriotes de Louis-le-Débonnaire (qui naquit sur le territoire de Cauderot, au château royal de *Cassinagilum*, Casseuil, pendant le séjour qu'y fit Charlemagne avant son expédition en Espagne, pour attendre les relevailles de son épouse Hildegarde), les compatriotes de Louis-le-Débonnaire, disons-nous, sont tout aussi fins et aussi madrés que les autres habitans de la Gironde. Ils démentent ce dicton malheureux, aussi répandu que celui de *Jean de la Reoule*. Les filles et femmes de cette localité placées à Bordeaux comme cordons-bleus ou femmes de chambre font foi de sa fausseté. Le notaire du lieu explique avec infiniment d'esprit l'origine de ce proverbe qui nous a valu le charmant dessin de Gallard. *les amoureux de Cauderot.* Mais quel homme n'a *été de Cauderot* dans ses premières amours! ou bien un *Jean de la Réoule !*

2

rapporte à ce qu'il dit lui-même, ce qui nous semble préférable, Bordeaux aurait incontestablement le droit de le réclamer pour un de ses enfans ; car, dans la préface de plusieurs de ses ouvrages (*Jantot, Fables*), il s'exprime ainsi : « A mes concitoyens... Bordelais ! Né *parmi vous, dans nos murs*... mon pays... le titre de Bordelais est un droit *à votre indulgence*... il me donnait lieu d'espérer un emploi dans une ville qui me vit naître... » Ces locutions sont assez explicites, ce nous semble, pour ne laisser aucun doute sur le lieu de sa naissance.

Du reste, plusieurs membres de sa famille existant encore, entre autres sa sœur, on n'a qu'à prendre à ce sujet des renseignemens auprès d'eux, et il serait également facile de retrouver à l'Etat civil, aux archives de la mairie ou du greffe du tribunal, le lieu et la date de sa naissance, comme celle de son décès, dans des documens officiels, qui trancheraient la question avec certitude.

Si l'on nous demandait de tracer le portrait de Verdié, nous serions obligés de chanter palinodie ; car nous avons dit ailleurs que Verdié n'était pas dépourvu de toute beauté physique. Or, c'est là une erreur : le *grenadier* Verdié était bien d'une assez haute stature, ce que nous appelons parfois un bel homme ; mais c'était tout : sa figure était même assez laide. Dans sa critique (*Respounse à Meste Verdié*) il disait de lui-même :

« . . . . . . Meste Verdié, lou *machan* boulangey,
Qu'à l'*ueil* dreyt à la cabe et lou gaouche aou graney. »

Toutefois, c'était une de ces laideurs à la Mirabeau, qui disparaissent lorsque la passion les illumine ; une de ces figures expressives qui se nuancent selon les moindres variations d'une pensée vive et mobile. Du reste, je tenais ce renseignement trop flatteur d'une de ses voisines *intimes*, à laquelle il aurait pu adresser l'admirable romance de la *Vieille*, de Béranger. Les femmes voient souvent à travers leur cœur ; c'est pour cela qu'elles voient alors tout en beau. Verdié avait, d'ailleurs, la parole facile et entraînante ; ses expressions étaient plus choisies, et ses manières moins communes que celles de ses égaux, grace au commerce qu'il entretenait avec la littérature ; plus tard, la fréquentation assidue de moins noble compagnie (et surtout celle de la société des *Acabayres*) le gâta complétement, par malheur ; car il cultiva autre chose que la poésie et les chastes muses, et la dive bouteille eut aussi bonne part à ses fréquentes adorations. Mais dans sa jeunesse, et malgré sa laideur, il eut dans sa sphère quelques succès auprès des femmes, et put chanter, en parfaite connaissance de cause :

Lou june et bieil marmot qu'ey ploura, que fey rire (1).

_____

(1) On pouvait lui appliquer, comme on l'avait fait à Pélisson, très-galant dans sa conversation et ses écrits et qui, [quoique extrêmement difforme ne laissait pas de se faire aimer des dames, ces deux vers bien connus d'Ovide :

Non formosus erat, sed erat facundus Ulysses
Et tamen œquoreas ussit amore deas.

J'ai dit aussi, d'après autrui, que ce fut l'amour qui le rendit poète : c'était naturel et croyable : l'amour n'en fait jamais d'autres ! Il élève et ennoblit l'esprit, en animant le cœur. Le regard d'une femme produit souvent sur le marbre de notre ame l'effet du baiser de Pygmalion, il est toujours un puissant aiguillon de talent , de gloiree t de vertu. C'est là le lot que la nature a attribué aux femmes dans la distribution de ses dons, qu'Anacréon a chantée. Elles causent souvent le réveil du génie, qui vient d'elles avec le bonheur.

Quoi qu'il en soit , Verdié nous a symboliquement expliqué lui-même avec un charme admirable, dans la première livraison d'un journal qu il créa à Bordeaux , comment il devint un poète. Nous ne pouvons résister au plaisir de faire connaître à nos lecteurs , malgré son étendue, ce passage remarquable par sa grace naïve et son charme attrayant, qui aura d'ailleurs , pour eux , tout l'attrait de la nouveauté et de l'in-connu.

Jantot (c'est Verdié) répond à un ami, auquel il propose la fonda-tion d'un journal, et qui lui disait qu'il ne ferait rien qui vaille :

> Que seri bien fachat si feden toun journaou
> Te bedeby counduire un jour à l'hespitaou.

Jantot , dis-je , lui répond crûment qu'il n'est rien qu'une *bête* l'ami insistant :

> Mais anfin dis mé dounc qui t'a rendut poete ?
> D'oun ben qu'aou jour d'anueyt fédes lou bet esprit ?

JANTOT.

> Ne m'interoumpes pas, baouc t'én fa lou recit.
> Per ne pas entara lous douns de la nature,
> Me ploungery de cap dens la literature.
> Me diran : Faou saché lou grec et lou latin ,
> Per fa das bers gascouns. Demandrey aou plus fin
> Si lous cabareteys an feyt lur quatrieme ;
> Si lous marchands de bin soun estats en troisieme,
> Afin de m'empecha de celebra Bacchus,
> Et m'ha buoure à galet lur cidre et lur berjus ?
> Ey lugit lous auturs, et la mythologie
> M'inspiret aquet gont qu'ey per la poésie.
> La plus charmante muse es la june Erato ;
> N'en biry lou tableou chez moussu Paletto :
> D'une man ten l'archet et de l'aoute une lyre ;
> Lou june et bieyl marmot qu'ey ploura, que fey rire,
> A l'air dam soun carquois de chegue tous sous pas ;
> Si bien qu'hury séduit per sous junes appas,
> Aquet air jobial et de boune acoustade.
> De roses et de myrthe Erato courounade
> M'hit neche lou desir de grimpa l'Hélicoun.

Li dissury per lors : Entendets lou gascoun ?
Un portrait ne dis mot ; mais son regard affaple
M'hit creyre qu'Erato lou troubabe agréaple.
Eh bé ! dissury jou, qui ne dis rés counsén,
Et me bala fitsat dens moun esprit countén.
Sur d'agé soun apuy, li dissury de tire :
En gascoun baouc canta, si me prestes ta lyre.
Bala que me sourit. Desempuey aquet temps
A fa das bers gascouns passy tous mous moumens.
O tu que m'as charmat et dount me fedy glory,
Muse, tout moun bounhur es dens moun escritory;
Tous appas runechens enflamen moun cerbet ,
Et Jantot trop hurux en tu bey tout en bet.
Oui, charmante Erato, souris à moun audace.
Fey que lou Cypressac (1) debene lou Parnasse ;
Lous rimurs de Bourdeoux, quand lou *pount* sera feyt ,
Per passa lou Permesse aouran lou camin dreyt.
Mais ne permettes pas, quand serey sur Pegase,
Que de l'aoute coustat me clape dens la base ;
Fey que posquy canta , lorsque serey grimpat ,
L'eymaple poésie ey la félicitat.

Et maintenant qui ne désirerait connaître avec plus de détails cet aimable auteur bordelais , dont la tristesse fière dissimulait la misère, qui disait, avec une si touchante mélancolie , que sa muse gasconne était tout son bonheur ! On s'intéresse à ses œuvres, à sa mémoire, à sa vie, et l'on voudrait la connaître dès ses commencemens.

Cette vie fut assez singulière, et marquée de nombreuses vicissitudes. L'auteur du passage piquant que nous venons de rapporter était, dit-on, fils d'un pauvre diable, marchand de gâteaux , qu'il faisait lui-même. Il aurait aussi commencé comme Sixte-Quint, en gardant , à Caudéran, dans les landes de Pezeu, *cet animal gros et fin qu'on tue à la Saint-Martin.* On conçoit, dès-lors, que l'éducation de Verdié dût être peu soignée.

Cependant, par une contension extraordinaire d'esprit, il apprit presque seul à lire, après qu'on lui eut montré les lettres de l'alphabet, de même que plus tard il apprit seul le violon, sans connaître une seule note de musique.

Après avoir reçu cette instruction des plus élémentaires , ce qu'il regrettait amèrement plus tard, Verdié, livré à lui-même et tourmenté du besoin d'apprendre, dévorait avec avidité tous les ouvrages sur lesquels il pouvait mettre la main. Cet amour absorbant de l'étude et ce désir de culture intellectuelle le rendait un peu oublieux des nécessités de la vie réelle et positive. Comme tous les esprits adonnés et enclins par le penchant secret et irrésistible de leur nature aux rêveries de la pensée et de la vie spéculative, il était peu propre à l'exercice des professions

(1) *Coste trés-élebade en face de Bourdeoux.*

mécaniques et manuelles, en opposition avec ses tendances. Il devait les aimer peu et en embrasser une quelconque plutôt par nécessité que par choix et par goût. Aussi prit-il le premier état qui se présenta à lui ou qu'on lui indiqua. Il fut d'abord et assez long-temps boulanger , comme il nous l'apprend lui-même dans une préface et dans sa *Satire*. Il exerça jusque vers 1814 ou 15 cette profession , assez lucrative d'ordinaire , mais assez assujétissante et qui l'était trop pour Verdié, qui cultivait volontiers la paresse. Il demeurait alors, je crois, rue du Loup, ou rue Ségur, où il passait d'abord pour une espèce de fou, mais un fou d'une aimable folie. Il justifiait déjà le mot railleur ou profond d'Aristote (1) : *Nullum magnum ingenium sine mixtura dementiæ* : Point de grand esprit sans un grain de folie ; c'est pour cela sans doute que tant de gens étalent tant d'excentriques et folles originalités pour faire 'croire' qu'ils sont de grands esprits.

Nous n'avons pu recueillir aucun document sur cette première partie de la vie de Verdié, si ce n'est quelques vers et quelques refrains de ses premières chansons politiques, perdues et oubliées à bon droit, et par lesquelles il *débuta*, dit-il.

Ce ne fut que vers 1814 et 1815 qu'il commença à se faire connaître de ses concitoyens.

Royaliste sincère et dévoué, mais malheureusement parfois exalté jusqu'au fanatisme le plus injuste, il composa de nombreux couplets politiques dans le sens de son opinion, qui, dit-il dans sa *Réponse* en prose à sa satire, lui attirèrent de nombreuses marques d'approbation et aussi la haine de ceux dont les convictions différaient des siennes, et qui restèrent à tort toujours ses détracteurs; mais il avait eu le premier le tort de les poursuivre de ses satiriques refrains , à une époque de réaction fougueuse, où l'on oubliait trop que toutes les opinions sincères sont respectables.

Grenadier dans la garde nationale bordelaise , alors très-zélée , Verdié, toujours à son poste, et qui se distingua par son assiduité et ses sentimens de dévoûment à la dynastie régnante, manifesta, au milieu de ses camarades , cette inaltérable gaîté *que le ciel lui avait donnée en partage* (*Préface de ses fables*). Toutes les fois qu'il se trouvait de service , le corps-de-garde devenait pour ainsi dire une succursale du vaudeville, un théâtre de rires et de plaisirs : Verdié était le boute-en-train , le loustic de ses frères d'armes qui applaudissaient à ses saillies, à ses farces grotesques , à ses imitations bouffonnes de la langue et des gestes des commères en dispute , à ses couplets grivois , politiques ou bachiques.

---

(1) *Nil sub sole novum.* Aristote le naturaliste, en observant que rien ne ressemble plus à un fou qu'un homme de génie , sous le rapport physique et moral, avait devancé les physiologistes modernes , qui prétendent que l'intelligence des êtres est en raison directe des plis ou circonvolutions de la nappe de la substance grise de leur cerveau (à l'exception pourtant de l'éléphant, dont la cervelle a plus de plis que la nôtre , ce qui embarrasse le système). et dont les observations démontrent que chez nous la tête d'un insensé est celle qui offre le plus de plis, et après. celle des hommes de grand esprit.

Encouragé par ces applaudissemens, donnés de bon cœur sans doute, mais avec peu de discernement , Verdié se hasarda à braver *le ridicule* (*Préface*) , et à faire circuler dans nos murs quelques-uns de ces couplets , français et gascons , qu'il composait ou improvisait devant tous avec une facilité prodigieuse dans ses momens de verve , dans le but, disait-il , d'égayer ses concitoyens de la ville du 12 mars , et de leur prouver qu'il partageait leurs sentimens ; peut-être aussi, quoiqu'il s'en défende, par le secret désir de se faire distinguer. La rentrée des Bourbons , la chute de l'empereur, étaient toujours l'invariable thème de ces *factum* injustes et médiocres , dont le couplet suivant , que m'a chanté un de ses voisins , n'est pas de nature à faire regretter beaucoup la perte :

> Si par hasard quelqu'un raille',
> Répétons dans nos rondeaux :
> Les boulets et la mitraille
> Ne menacent plus Bordeaux.
> Lon la la , landerirette !
> A chacun son tour
> D'aller à la cour.

Une autre fois, en 1815, comme on avait annoncé pour le mois d'avril le retour de l'empereur, Verdié fit sur ce sujet quelques couplets de circonstance qui eurent une certaine vogue, sous le titre de : *Poisson d'Avril des Bonapartistes*. Je me souviens qu'à cette époque , les enfans de notre ville dansaient des rondes sur cet air :

> Ah ! pauvres Bonapartistes ,
> Qui vous fait ainsi pâlir ?

Mais il est temps de passer sous silence ces échos passionnés du passé, qui nous expliquent comment le poète Verdié dut trouver des ennemis politiques , indépendamment des détracteurs quand même du talent.

II.

Le premier ouvrage qui commença à lui faire une réputation réelle , ce fut l'*Abanture comique de meste Bernat*, ou *Guillaoumet de retour dens sous fougueys* , qu'il publia vers la fin de 1815 ou le commencement de 1816, chez la veuve Cavazza , et que M. Mons a eu l'heureuse idée de réimprimer avec les pièces suivantes. Cette admirable petite tragi-comédie eut un succès immense dans la ville et tout le département. On ne parlait plus que de meste Verdié et de son *Abanture comique* : il y fait allusion dans *Bertoumiou*. On la lisait, on la récitait partout ; ses vers naturels, faciles , coulans , énergiques , s'incrustaient dans toutes les mémoires , et il et peu de personnes de cette époque qui ne sourientencore au souvenir des grotesques et nombreuses tribulations conjugales du pauvre Bernat (Bernat veut dire Bernard , et rien de plus ; *on pourrait aisément s'y tromper*), qui vient naïvement et d'un ton piteux, mettre tout le public dans la confidence de son *malheur* :

Lou binte dus octobre , après abé bregnat,
M'aribet un *cousin* en habit de *sourdat* !

Un *cousin* ! un *soldat* ! Nous voilà tout d'abord en plein dans le sujet ;
car nous pouvons entrevoir déjà tout ce que fait ordinairement pressentir
pour un mari l'annonce de ce double péril : la fascination de l'uni-
forme militaire et la dangereuse influence d'un petit cousin.

Ce cousin qui lui tombe des nues, Bernat ne le reconnaît plus ; depuis
quatorze ans il était parti comme volontaire dans l'armée française
(1802 à 1814); il le croyait mort, comme tant d'autres tombés dans
ces glorieuses boucheries de l'empire. D'ailleurs, c'est un sapeur qui se
présente à lui :

Qui l'aouré counéchut én bédén soun bisatche ?
Aben sur cade gaoute une grande moustatche ;
Puey parlabe francés, dam soun sabre aou coustat,
Qué lou sang das Russiens (1) abébe tout rouillat.
Sa barbe que toumbét dinsques à la cinture ,
M'adut counéche alors quère dens lous sapures.

Comme le cousin parle français comme son sabre, et parce que Bernat
prend aussi parfois le lecteur à partie, le poète met alternativement dans
la bouche de Bernat, par une imitation parfaite de la nature , tantôt le
français, tantôt, et plus volontiers, le patois , la langue usuelle et la langue du dimanche et des visites de ville. C'est là une reproduction , une
peinture admirable de fidélité des mœurs, du caractère , des habitudes
et du parler de la classe des personnages qui sont sur la scène (2).

On croit aussi assister aux événemens que Bernat raconte ; sa parole
imagée et vivante semble ressusciter le passé et nous reporter au moment dont il parle : le français, prononcé à sa manière , est entre-
coupé de mots patois ; à un vers gascon succède un vers français , et
vice-versâ ; il résulte de ce mélange, ménagé avec beaucoup d'art et de
vérité, un effet des plus comiques, sensible surtout lorsqu'on entend réciter ce poème. Cette remarque est applicable à la plupart des autres
écrits de Verdié.

Té, té, dissuri-jou : Quoi ! c'est toi ! Guillaumet ?
Qui t'aouré counéchut dam aquet grand plumet ?
Qui l'aouré jamais dit , te béden de la sorte ?
Tu sais provavlement , ta paubre mère est morte.

---

(1) Dans les premières éditions on lisait *Chinois;* c'est encore donner sans le
vouloir une plus haute idée de l'aventureuse et cosmopolite bravoure de nos soldats de la République et de l'Empire allant porter le nom et les armes victorieu-
ses de la France aux extrémités d'un monde, jusque chez les Chinois qui pourraient
bien être mis là pour les Cosaques ou les Tartares. Dans les éditions postérieures
on lit *Anglès.* Le sentiment national perce partout malgré l'esprit de parti.

(2) Jugement de M. Jouannet, *Statistique de la Gironde,* notes, 2.ᵐᵉ partie.

La transition est peu ménagée et peu adroite ; mais s'il manque de tact, Bernat a bon cœur ; et malheur à lui ! Il veut tenir lieu de père à ce grand orphelin, auquel il offre sa table, sa maison, et d'abord un repas auquel le sapeur, quoique souffrant encore d'une blessure, fait grand honneur en faisant bonne chère.

> Tabé lou dissut bien : Cosin, dans plus d'un cas,
> Je n'ai pas toujours fait un autant von repas.
> Parechebe pan prou counten de la coudine ;
> N'adebe coumpliméns à sa chère cousine.
> Jou qu'abéby besoung de sourti per afa,
> Lous quitteri aqui tous dus à caqueta.

Le malheureux ! quelle aveugle confiance de les laisser tous deux *solus cum sola*, et d'oublier que dans tout tête-à-tête on est toujours trois, l'homme, ou le feu, la femme, l'étoupe, et le diable, le vent qui souffle ; c'est ainsi que pendant deux ans la paix régnait dans son ménage. Mais le cher cousin payait son hospitalité par l'ingratitude la plus noire, en lui faisant le plus grand outrage ; car Bernat n'est pas du tout, sur ce point, de l'avis de Lafontaine, qui a créé une si philosophique maxime à l'usage de la circonstance. Il exhale amèrement son indignation, indignation qui nous touche peu. Nous sommes ainsi faits : Quand ce n'est pas nous, la victime a toujours tort et n'est que ridicule. Sa mésaventure est, au premier chef, celle dont les auteurs et Molière lui-même, le malheureux époux de la Béjard, attendent le plus d'effet et de *vis comica* ; c'est pour eux *Abanture comique*, comme dit le titre.

Nous n'écoutons pas, et pour cause, Bernat nous racontant comment ses yeux furent enfin dessillés, et comment une tempête dans la nature occasionna une tempête dans son ménage, en lui faisant faire de tristes découvertes.

La description de l'orage est remarquable. A côté de détails piquans et graveleux, se rencontrent quelques traits heureux et touchans :

> Dibets bous soubeni d'aou praoube bieil Matiou,
> Que rancountret la mort dens lou mitan d'un riou :
> Soun can, soun praoube can, bédén néga soun meste,
> Se plounget dens lou riou, l'attrapet per la beste ;
> Per malhur ! lou fardeou se troubet trop pesant,
> Lou meste se néguet aoutant bien que lou can.

Bernat, qui s'était mis à l'abri, passe à son retour par le jardin, et remercie le ciel de n'avoir eu aucun dégat. Mais il y a des compensations en tout : il éprouve comme Joconde l'inconvénient d'arriver sans être attendu, et s'aperçoit que c'est par hypocrisie que la femme et le cousin feignaient de n'être jamais d'accord devant lui.

Le pauvre Bernat subit tous les affronts et toutes les disgraces : comme il n'est pas d'un naturel très-brave, c'est là le moindre défaut de ce gascon, et que le soldat lui fait peur, il se borne à jurer pour toute vengeance, à attirer ainsi les voisins, et à donner aux coupables le temps de fuir :

Satre vlu! mille vlu ! je m'écrie à l'instant ;
Le boisin aussitôt accourt vien promptement.
Sonqu'as-tu donc, Bernat, dam ton mille et ton sacre ?
— Laisse moi , mon ami, je bus faire un massacre.
Tandis que je vlaguais abéque le boisin ,
Le gux de Guillaumet arpente le chemin.

Et il l'arpente avec sa femme , en le raillant encore et après l'avoir
complètement dévalisé. Toutefois, le valeureux Bernat se calme et ter-
mine philosophiquement le *brai* récit de sa triste *abanture* , en indi-
quant comment il aurait pu l'éviter , s'il eût été plus éveillé , et si,
comme tout mari, en semblable occurence , il n'eût jamais dormi que
d'un œil.

.... Mais quand on ne sait rien,
Que l'on bit sagement comme un fort von chrétien ,
On ne saurait jamais soupçonner une offense ;
Quiconque mal ne fait , jamais au mal ne pense :
Et je ne pouvais pas soupçonner mon cousin.

Mais il n'a pas toujours été si calme, et oubliant de suivre le pré-
cepte de Lafontaine :

Le moins de bruit que l'on peut faire ,
En cette affaire ,
Est le plus sûr de la moitié ,

Il a commencé par publier partout le malheur, qui le rend la fable
du quartier :

Je m'en fus sur-le-champ troubler le commissaire ,
J'amène des témoins , le cousin , le bu-frère ;
Nous dressons sur-le-champ un grand procès-bervaux
Que j'apporta moi-même enta capat Vordeaux.....

Il le remet , enfin :
Chez un von abocat.
Ce faquin m'a mangé dinque au darey parac.
Il me prometait vien qu'il obtiendrait bengeance ,
Après plus de trois jours il obtint audience.
A la fin de la fin , après tant de retard ,
On lui fait boir vien clair qu'il était.... ce qu'il savait déjà.

Cette sortie contre les avocats, et les lenteurs des procédures judi-
ciaire, cette injustice criante, disait Montesquieu, couronne la première
œuvre de Verdié.

On ne peut nier qu'il ne se trouve dans ce récit plein de verve, d'origi-
nalité, de naturel et de clarté, ce vernis des grands maîtres, disait Vauve-
nargues d'après Quintilien (1); on ne peut douter qu'il ne s'y trouve à la

---

(1) Plus un écrivain est mauvais, plus il est obscur. *Erit ergò etiam obscu-
rior, quo quisque deterior.*

3

fois du Scarron et du Molière. Verdié a, comme eux, à un haut degré, le
secret du franc rire, cette vertu exhilarante si rare chez nos modernes
auteurs comiques, qui s'évertuent à la faire jaillir du choc des mots
plutôt que du fond des pensées. On trouve dans ses écrits une observa-
tion vraie et parfois fine et pénétrante de la nature humaine vue, un peu
d'en bas, en même temps qu'une image saisissante des mœurs et du
langage richement expressif et figuré des habitans de nos contrées.

Les saillies de l'auteur, qui 'ne vise qu'à nous égayer, sont, sans
doute, moins attiques que gasconnes, et souvent même un peu grossiè-
res comme ses expressions. Leur gros sel réalise ce que disait Panard
de nos bons vieux, *grosse gaîté, gros ton, gros rire*. etc. Mais, Verdié
n'est pas un poète parfumé de boudoir, c'est un franc et libre conteur, un
véritable Paul de Kock Bordelais, devenu, par le comique de ses ré-
cits, l'auteur favori des classes populaires ; car le peuple aime à rire,
et le chantre de *Guillaoumet* le fera rire éternellement.

Sous ce rapport, le peuple a moins changé que nous, à qui l'étiquette
mesure le rire et la joie. Nous ressemblons assez à cet officier de ma-
rine qui, selon lui, goûtait fort bien un bon mot ; mais ne riait jamais
de peur de se chiffonner le visage. Nous craignons de même, en nous
livrant trop à la gaîté, de chiffonner, avec notre visage et notre toilette,
le décorum et le bon ton. Le peuple ne redoute pas non plus la fidélité
un peu crue du langage de Molière. Nous avons, au contraire, une dé-
licatesse excessive et pareille à celle de la sensitive, à l'endroit de
plusieurs termes de l'immortel comique. Sa technologie nous paraît
trop scabreuse. Certaines des expressions de ses comédies et de leurs
titres nous font ombrage ; et, comme ce n'est pas la chose, mais le mot
qui effarouche la pudeur de nos oreilles, on remplace l'ancien terme
vulgarisé, dont on a peur, par un nouveau tout aussi expressif, mais moins
banal. Bernat, le Georges Dandin peu *imaginaire* de Verdié, eût été....
berné chez Molière ; de nos jours, il est *minotaurisé* chez Balzac. Voilà
toute la différence.

Nous nous sommes peut-être trop longuement étendus sur cette première œuvre de Verdié ; mais, c'est parce qu'elle était sa première et
la plus fameuse de toutes. Qu'on nous permette encore, pour notre justification, de citer une petite anecdote.

Il y a environ 20 ans, un touriste ennuyé faisait une excursion aux
environs de Calcutta. La chaleur accablante du milieu du jour le força
à s'arrêter dans un petit bois voisin d'une habitation. Il aperçut à quelques pas de lui une autre personne qui récitait ou déclamait tout haut. A
mesure que notre touriste s'approchait, il l'écoutait avec une surprise,
une joie de plus en plus croissantes ; soudain il s'élance vers lui, et bientôt tous deux se serrent mutuellement la main ; ils étaient frères, Français et Bordelais tous deux. Le touriste l'avait reconnu en l'entendant
lire *lou binte-dus octobre* de Verdié, à l'ombre brûlante des palmiers de
Calcutta ; charmé de rencontrer un compatriote, et d'entendre vibrer à
ses oreilles, sur cette lointaine terre étrangère, cette vieille langue pa-
toise, souvenir vivant de la patrie et du lieu où il reçut le jour.

A la fin de l'*Abanture comique*, on lit ces deux mauvais vers en italique :

> *Depuis plus de vingt ans je connais cet ouvrage ,*
> *Dit le critique sot , l'ignorant, le sauvage.*

On ignore généralement la raison de ce distique ajouté après coup. Comme nous l'avons dit, cette première pièce de Verdié eut un succès , une vogue immense , même au milieu des préoccupations politiques du temps, et les plus graves comme les plus grands personnages en rirent de bon cœur.

Quand Verdié, mauvais boulanger , connu seulement par ses médiocres couplets de corps-de-garde , s'en déclara l'auteur , le public, qui n'avait pas deviné d'abord ce qui germait sous cette écorce un peu fruste , sous cet habit grossier doublé d'un noble cœur, fut surpris tout d'un coup, puis applaudit avec frénésie. Il ne resta que quelques incrédules volontaires, les envieux et les détracteurs de tout talent naissant , et les ennemis politiques de Verdié.

Celui-ci nous l'apprend lui-même dans sa *Réponse* et dans un *dythirambe* que lui dicta la noble indignation de se voir accusé de n'être pas le père de ses enfans et d'être ainsi attaqué dans l'ame de son ame et dans le sang de son honneur, selon une belle expression biblique.

Cet ouvrage était *vieux*, *connu* depuis vingt ans, disait la calomnie ; Verdié lui répondit par ce distique et il se prépara à lui répondre encore mieux par de nouvelles œuvres, fruits de sa verve féconde, surexcitée par cette susceptibilité poétique, cette indignation, mère de tant de chefs-d'œuvre.

III.

Verdié, alors vannier, publia en 1816 (chez la veuve Cavazza, in-8.° de 444 pages), la *Rebue de meste Jantot*, dans l'arrondissement de Bordeaux , ou la rentrée des Bourbons en France, poème dialogué , mi-français et mi-gascon. C'est un ouvrage médiocre , comme presque tous les ouvrages de circonstance , dont la préface seule offre quelque intérêt. Nous en citerons d'abord le passage suivant :

« Le bon accueil que mes faibles moyens ont trouvé auprès de vous, m'ont souvent fait regretter d'être né dans une classe obscure ; oui , j'ose le dire, si j'eusse été cultivé, peut-être serais-je parvenu à monter un jour sur Pégase , et quoiqu'il aurait pu (comme il a fait à tant d'autres) me conduire à l'hôpital, je n'en aurais pas moins été poète. Mais que peut produire un champ abandonné ? »

Nul doute, en effet, qu'une nature aussi richement douée et assez priviligiée pour se féconder spontanément elle-même, fertilisée par une culture intelligente et moralisatrice , n'eût heureusement produit un jour les fruits les plus suaves et les plus purs. Si donc Verdié ressent et exprime ce regret douloureux d'être né dans une classe obscure , ce n'est pas l'envie qui le lui arrache , mais le secret chagrin de n'avoir pas reçu une éducation plus élevée, accessible aux enfans du riche.

Mais l'instruction ne donne pas (et elle ne peut jamais que l'éveiller et l'alimenter) ce feu qui anime les ames généreuses et privilégiées et qui inspirait Verdié; cette force, pour ainsi dire , impersonnelle et surhumaine qui vit en elles et les dirige si impérieusement , presque fatalement , qu'on dirait qu'une autre ame, supérieure et divine, s'est introduite au sein de leur être qu'elle domine , enchante, et dont elle tire les plus doux sons , comme d'une harpe mystérieuse qui n'attendait pour résonner que le souffle harmonieux ou la main savante du maître.

Cette force si féconde, cette double ame, c'est le céleste *Daimon* de Socrate, le *Deus in nobis* d'Ovide, du poète et de la prêtresse antique , c'est l'inspiration, c'est en un mot le génie. Ecoutons Verdié nous initier naïvement aux révélations intimes, aux phénomènes qui s'opéraient en lui :

« Si tu ne sais rien et n'as rien appris, diront les critiques, reste dans ta sphère, et songe que tu ne dois t'occuper que de la fabrication de tes paniers ! (Ceux qui m'ont connu seront sans doute surpris que j'exerce cette profession de vannier, mais elle vaut bien celle de la boulangerie.) Que répondre à ces critiques ? Peut-être ont-ils raison. Je n'en sais rien ; mais ce que je sais, c'est qu'à chaque instant *et malgré moi*, je suis *persécuté par un certain je ne sais quoi* qui me dit incessamment qu'il faut que je fasse des vers ; je m'en défends, je combats cette passion ou plutôt cette rage, et c'est alors que je crois être vainqueur que je me trouve en avoir fait plus de trente qui ne valent rien ; je les déchire ; j'y renonce et me promets bien de ne plus en faire. Mais doucement, me dit encore cette voix secrète, il faut que tu en fasses.... Voilà le penchant irrésistible qui m'a contraint à venir t'importuner de ces vers qui sont sans art, sans apprêt, la nature seule a présidé à mes leçons... On m'a conseillé de faire corriger les fautes de cet ouvrage ; d'autres m'ont dit que les amis de la nature le préfèreraient tel qu'il est, plutôt que si l'art y eût entré pour quelque chose. Comme ami de la nature, j'ai pris le dernier parti. »

C'est à cette puissance irrésistible, à cette voix *intérieure* et secrète, à cette musique qui chante en lui que Verdié va obéir désormais, sans autre désir que de s'y livrer.

Il dira pour sa justification (épigraphe de ses fables) :

Je ne puis résister au démon qui m'obsède ,
Me livrer à mon mal en est le seul remède.
A. L.

Ou bien il citera les vers fameux de la *Métromanie* sur la flamme allumée par Dieu dans nos ames :

Un tel guide jamais peut-il être trompeur ,
Et les bienfaits du ciel mènent-ils à l'erreur ?

Peut-être, hélas! mènent-ils là où Verdié le disait en riant tout à l'heure à propos du coursier ailé des poètes ! Déjà nous voyons que par son peu d'application à son état de boulanger, par suite des parties de plaisir où on l'entraînait , le gai boute-en-train, notre chansonnier, a

quitté cette profession lucrative, mais assujétissante, pour celle de vannier (1) qui laissait plus de loisir à l'exercice de sa pensée et à la satis-
faction de son penchant favori. Mais qu'importe ! Il faut qu'il rime, c'est-
là sa destinée et son bonheur. *Trahit sua quemque voluptas* ! c'est-là un
entraînement irrésistible et fatal !

Que dirons-nous maintenant de ce médiocre poème politique, après
avoir analysé cette naïve préface ? Nous y trouvons bien quelques vers
énergiques, entre autres celui-ci :

> Je les vis tous s'enfuir escortés de la peur !

Le souvenir des passions de l'époque se rencontre dans ces vers de
reproche :

> Vous lisiez tous les jours le journal de Coudert !
> Mais il n'existe plus......

L'*Indicateur*, fondé en 1804, fut en effet suspendu de 1846 à 1849.

Jantot nous fournit encore quelques détails historiques contemporains
relatifs à nos localités ; mais tout cela ne vaut pas le temps qu'on perd à
le parcourir.

C'est avec plus de plaisir que l'on retrouve dans les vers suivans de
ce poème le souvenir des premiers essais de Verdié :

> ....Je fus chez Guillaumet ,
> Non pas le *scélérat*, le *monstre de nature*.
> Il n'a plus reparu depuis cette abenture
> Qu'il eut abec Bernat, le jour de l'orogant,
> Et dont chacun connaît le fatal atcident.

Quelques-uns souriront en lisant l'apologie de la charte par meste
Jantot et ces vers significatifs à son sujet :

> J'ai souvent vu des lois qui n'étaient qu'une amorce.
> Il est vrai ; mais c'était sous le règne du Corse.

D'autres préféreront les détails naïfs donnés par meste Jantot, ce fier-
à-bras , ce don Quichotte gascon, qui s'en va à Bègles , Talence , Pes-
sac , Mérignac . Caudéran , Bruges, le Bouscat , la Vache , laissant le
Tondu de côté (2) pour mettre à la raison les Bonapartistes, et qui s'écrie :

---

(1) Il demeurait alors, en 1816, rue Pont-Long, n.º 14, ancien numéro, à la
maison qui fait saillie. Là, assis par terre, et tressant ses vers et l'osier , il re-
cevait ceux qu'attirait la réputation du joyeux chansonnier.

(2) Les lecteurs bordelais comprendront ce jeu de mots : *Le Tondu* est une
commune de la banlieue de Bordeaux. On avait donné aussi à l'illustre capi-
taine du siècle, l'épithète de *Tondu* , de sorte que le nom de cet endroit dé-
plaît à Jeantot , qui n'y fait pas sa tournée et qui , d'ailleurs , pour permettre à
son lecteur de respirer, lui laisse, comme il le dit, toute une page en blanc (page
57) , idée originale qui fit sourire Louis XVIII lorsqu'on lui lut quelques ex-
traits de ce poème.

Les gens que je combats sont presqu'à l'agonie !

On sourit à la description satirique d'un copieux repas de deux soldats grands buveurs , et à ces parenthèses comiques qui rappellent une
énergique satire des *Bulgraves* :

> Quels combats ! Quelle ardeur vous déployiez à table !...
> En combattant ainsi l'on doit aimer la guerre !
> . . . .
> Ensuite le café suivi de la liqueur !
> Vous deviez au combat ne pas manquer de cœur !

Tout cela n'empêche pas le poème d'être long , froid , ennuyeux , et
par suite de mériter l'oubli dans lequel nous le laisserons.

IV.

Voici d'ailleurs que le récit des burlesques mésaventures conjugales
du pauvre meste Bernat recommence ou se continue pour le plus grand
plaisir du populaire, qui applaudit à outrance la nouvelle œuvre de son
poète favori : *Catastrophe affruse arribade à meste Bernat, ou sa sépara-
tioun dam Mariotte.* (Bordeaux , 1817, in-8.°, une feuille.) Cette pièce
bouffonne est, comme sa sœur aînée, en vers mi-français, mi-gascons, et
nous devons lui appliquer ce que nous avons dit déjà de celle-ci. Nous
ne nous répèterons donc pas; nous serons même plus sobres de citations,
et renverrons le lecteur curieux de la connaître à la réimpression donnée par M. Mons. Comme d'ordinaire, c'est Bernat qui vient nous mettre
dans la confidence de ses nouveaux malheurs.

> Parblu, lou que l'a dit n'a pas heyt une faoute
> En disen qu'un malhur n'arribe pas chen l'aoute;
> Per jou, l'ey esproubat, chaçun lou sap fort bien....

Mais il laisse de côté ce sujet, sur lequel le plus fin n'est qu'un sot, il
raconte qu'il voulut d'abord se *périr*, heureux, comme Socrate, de sortir
de la vie, pourvu qu'il y laissât sa femme; mais que renonçant à ce parti
violent, il en arriva même à se donner tout le tort, et à vouloir re-
prendre sa chère Mariotte, lui qui disait d'elle :

> Si pody la gaa, ly farey pas de maou;
> Mais boly la cruchi tout coume à d'un grapaou.

Ce degré de bonhomie semble un peu fort; mais cependant il est dans
la nature : que de gens qui ne demandent pas mieux que de s'aveugler
toute leur vie et de jouir du bonheur d'être trompés ! Je ne suis pas de
ceux qui les en blâment; car je dis avec Sterne, que s'il n'y a pas dans
l'homme un fond de complaisance et de bonté qui le rende dupe... tant
pis pour lui !

Après avoir fait en vain trompeter sa moitié, notre bonhomme désespérait
de la revoir, lorsqu'elle arriva comme mars en carême ! Transports de joie
d'amour de la part de Bernat ! mais sa femme le repousse avec une fierté

dédaigneuse, avec la noble indignation d'une ame injustement calomniée :
et c'est elle qui a raison ; c'est le mari qui est le coupable, coupable d'avoir
mal vu ; d'avoir *cru voir chose qui n'était pas;* d'avoir déshonoré et terni
sa réputation de femme innocente ; c'est elle qui, enveloppée dans sa vertu,
refuse le pardon et vient réclamer sa dot. Le mari se récrie , se fâche
enfin , et rappelle le souvenir de sa première mésaventure , dans laquelle
sa chère moitié l'a volé , sans compter l'apothicaire successeur des pour-
suivans de M. de Pourceaugnac ; la femme veut avoir raison, brise tout
chez son mari, lui jette tout son ménage à la tête, veut même l'embro-
cher , quand arrive l'inévitable Guillaumet , qui lui ouvre le flanc d'un
coup de sabre. et repart avec sa complice après ce nouveau chef-d'œuvre,
laissant pour mort Bernat, étendu sur le carreau et baigné dans les flots
de son sang et de son vin qui s'écoule de ses barriques , que ses persé-
cuteurs ont encore percées, par méchanceté . en emportant tout. L'a-
venture est *affruse* , en effet, et tournerait tout-à-fait au tragique si
Bernat ne prenait le soin de nous rassurer , en nous apprenant qu'il fut
sauvé et soigné par un voisin charitable , et en faisant appel à la Providence , qu'il charge du soin de le venger.

V.

Bientôt , en effet , le poète , jaloux de la moralité de son œuvre bouffonne , raconte la *mort de Mariotte*, ou *Bernat vengé* (Bordeaux , 1847 :
in-8.°, douze pages.) Sans doute, fidèle à ses habitudes et à la mode
française , qui raille l'homme trompé dans ses plus chères affections ,
Verdié tournera encore en ridicule le pauvre mari ; mais il nous mon-
trera la triste fin de Mariotte, tombée dans l'infâmie, le juste châtiment
de son inconduite et de l'oubli éhonté de tous ses devoirs. C'est sans
doute aussi animé des mêmes sentimens que Verdié avait fait mourir
Guillaumet , ce Don Juan gascon, et avait même mis sur le théâtre sa
dernière aventure et son trépas sous ce titre :
La *Mort de Guillaumet* , tragédie burlesque en deux actes et en
vers (Bordeaux, 1817 ; in-8.°). — Cette tragédie est le précédent naturel de l'*Arribade de Guillaumet dans les enfers* , qui complète la série de
ces petits poèmes comiques et dont nous parlerons tout-à-l'heure, après
une courte analyse de la *Mort de Mariotte* et de la tragédie burlesque.
Malgré ce titre sinistre, qui frise le drame ou la tragédie, la nature du
talent de l'auteur et celle du sujet percent toujours dans ces nouvelles
œuvres ; sa malicieuse bonhomie et sa manière proverbiale se manifes-
tent dès le début.

> Je ne sais pas trop vien comment l'histoire nomme
> Ce sabant qui nous dit que la vonté perd l'homme ;
> Mais je sais à coup sûr qu'il parle abec raison,
> Quand il dit qu'un mortel n'est qu'un sot, s'il est von.

Bernat ne vient plus cependant apitoyer sur lui le lecteur, en lui apprenant les tours que lui a joués sa femme. Il reconnaît qu'il a été jus-
tement puni de son étonnante faiblesse et de son étrange bonhomie. Il
ne vient pas refaire encore le récit du passé :

Car malheureusement chacun sait mon histoire,
Et très-long-temps, je crois, on en aura mémoire.

Après avoir été sauvé par le voisin, et après sa guérison, il quitte
son endroit, où tous, en se moquant, le montraient au doigt, et le bonhomme est sensible aux affronts. Retiré dans un canton éloigné, à force
de travail, de privations et d'économies, il s'était un peu *remonté*, et bé-
nissait la Providence, croyant déjà ses malheurs arrivés à leur terme ;
mais le destin va lui enlever encore le fruit de deux ans de travail. Un
monstre, que l'enfer a *bomi* dans ce monde, s'en *bint trouvler* sa paix
profonde :

Le croirais-tu, lettur, ce monstre, c'est ma femme.

A son aspect, Bernat recule, plein d'épouvante :

Elle bient cap à moi ; toute pâle et tremvlante,
Elle tomve à mes pieds ; et, dans son désespoir,
Elle essuye ses yux de son sale mouchoir.

Bernat la repousse ; mais sa femme, réduite à la plus grande misère,
et, sangsue d'autant plus avide qu'elle a jeûné et se trouve en présence
d'un homme remonté, fait appel à son cœur, invoque ses remords et
son repentir :

Ta femme va mourir si tu n'es indulgent !
— Oh ! tu peux vien crever ! Je te jure, foi d'homme,
Que pour l'enterrement, je fournirai la somme !
Et quand debant mes yeux, je te verrais mourir,
Tu ne parbiendrais pas à pouboir m'attendrir !

Répond Bernard qui s'est fait un cœur de roche. Tu parles de misère
et de maigreur, tu ressembles à la grosse marchande d'eau de Cologne,
va retrouver ton Guillaumet et lève boutique avec lui.

Hélas ! ne vois-tu pas que je suis estropique !

(Hydropique), répond Mariotte. Les mauvais traits qu'elle a éprouvés
de la part de son infâme séducteur, ont mis ses jours en danger.

Après m'aboir mangé mon pauvre saint crépin,
Il m'abandonne ainsi sans ressource et sans pain.
Ah! je n'en rebiens pas ! crédules que nous sommes ,
Allez donc bous fier aux paroles des hommes.
Aussi, mon cher ami, tu me bois à genoux,
Te jurer de mourir fidèle à mon époux!
— Il s'en ba ma foi temps, ton repentir est rare !

Observe naïvement le pauvre Bernat. Mais la douleur de Mariotte le
touche ; elle pleure, or :

Que de crimes efface une larme du cœur !